물결의 외마디

물결의 외마디

이형근 시집

불교문예

나에게

시제詩題는 화두話頭이다

칼이 된 언어의 탁마琢磨이고

언言과 명名의 씻김굿이다

2022년 새싹 움틀 때
이형근 합장

차례

제2부 경經

제3부 詩 I

제4부 詩 Ⅱ

제1부

선禪

활구活句 1

거칠고 투박하지만

등골이 오싹한 한 마디

젠장 헐!

거, 짓지 말고 토吐하라

활구 2

말벌에 쏘여

툭!

털어 내고

밤송이 곧추선다

활구 3

은하를 빨던

뺄 속 흑조개가

확!

천 년을 살으리라

활구 4

잎새 속

가득 찬 씨방

탁!

참깨알

돈오점수 頓悟漸修

뚜벅 뚜벅

흠뻑 젖은 두 발이

길을 간다

돈오돈수頓悟頓修

헐!

확!

　　　　　　　　　　할!

툭!

탁!

수修 1

한설에 산수유

삭풍에

한 꺼풀 한 꺼풀

온 생을 오롯이

수修 2

바람 잘 날 없다

문 밖에 장독

쭈뼛한 서릿발에

씨간장 익는다

수修 3

지푸라기 덮고 견뎌 낸

설한雪寒의 고행자

한 더위 땀방울에 성근

정갈한 여섯이 톡 쏘는

뽀얀 햇마늘

선禪

.

억새풀에 손가락을 베었다

날이 선 낫자루

흰 심줄기의 검푸른 뜻을

두 눈이 갈피를 못 잡았음이다

색계色界

이끼에 우린 한 모금

또르르 꼬르륵

무량업無量業을

다시 한 모금

몸이 몸이 몸이 부른다

무색계無色界

여기저기 뭉개 뭉치

씩씩거리는 갯바람에

검은 속 끓이는 천둥

단숨에 휘달린 흔적들

다시 지워질 것을

공空 1

천지간이

끝없이 연 이어진

이 몸뚱이까지

성性할 틈이 없구나

공空 2

선바위 움켜쥔 담쟁이

여린 실핏줄로

가혹한 천기를 빨고 토한다

가쁜 숨 몰아쉬는데

뜸 새 벼락이 쐐기를 박는다

우르르 꽝 와르르

행각行覺 1

나뭇가지 뻗는 거 봐

꼴리는 대로 살다가

비탈에 쓰러져도 버텨내면

새 순 돋잖아

행각 2

담장에 주렁한

조롱박 볼 때마다

엄마

그보다 더 징할까

바람의 경계 1

날린 검불이

허공에 꽂힌 혀처럼

무성하다

저만치, 나

바람의 경계 2

날름 날름

한 잎 두 잎 우수수 수수

입 전 수 수*에, 여전히

꼴을 베고 있는가

*입전수수入廛垂手: 심우도尋牛圖에 깨달음의 단계.

물결의 외마디

흘러갈 뿐인데

천 갈래 만 갈래 노 젓는

너, 바람이거늘

제2부

경經

한 소식했구먼

얄리얄리 얄랑셩 얄라리 얄라

어럴럴럴 상사뒤어 어여 여여루 상사 뒤어

사랑 사랑 내 사랑이야 어화둥둥 내 사랑아

지화자 좋다 얼씨구 좋구나 좋다

오호, 갖추갖추 한 타령을

오오ㅁ 마니 밧메이 후우ㅁ

공색도명송空色道名頌

空이 色이고 色이 空인데

어찌 色과 空을 나누시나요

道가 항상 그러한 道가 아니고

名이 항상 그러한 名이 아닌데

어찌 이름 지어 그 이름 아닌가요

살다 살다가 보니

空도 道도 입에 바른 허영입디다

세상은 色과 名에 갑디다

도제|道諦*

이름 모를 새 한 쌍
능선을 휘몰이 하며 채근한다
골바람을 잡는 예쁜 집을 짓고
이른 짝짓기에 씨눈을 깨워
알을 품어 먹여 날갯짓까지

풀 벌레 나무들

긴 혹한의 동행에서

또다시 함께

* 도제: 불법의 사성제 고苦 집集 멸滅 도道의 道諦

선禪의 공명

갓 떨어진 젖꼭지

굵직한 선이 선명해요

똑! 똑!

목마른 불볕에

제 속을 태워 속을 채운

물오른 선홍의 결실

새맑은 수박씨 가득 찼네요

수좌首座

안거를 거듭할수록

아랫가지를 스스로 도려낸

깊게 팬 옹이 자국들

제 살거죽 벗겨내는 아픔으로

자등명 법등명 일갈하는

올곧은 자작나무

좌선坐禪

버려진 듯한 자투리에

둥지를 튼 호박네

주렁주렁한 호된 살림에도

짚 똬리를 틀고 앉은

둥글둥글하니 차진 녀석이

저리 속을 텅 비웠소

설화경雪華經

눈밭을 헤쳐야 오르는

태백太白이 太白인 영산

장군봉 아래 군락을 이룬 주목

죽어서도 천 년을 지키는

이천여 년 여법如法한

생불生佛의 말씀

화엄경華嚴經

지난 밤엔

스산한 어둠이

가누지 못하는 몸을

후려치시더니

이 밤은

은하를 쏟아 흔드시네요

어제가 오늘인가

반야경般若經

모차르트의 소리는

음표와 음표 사이에 있는데

저 피아니스트는 악보만 보는가

하얗고 검은 사이사이를

머물지 않는 바람처럼

가세 가세 건너 가세

열반경涅槃經

밤은 빛과 소리다

제각기 자기를 드러내는 시간

바람과 구름에 씻기는

별과 달의 요변스러움도

밤이 낮이 되는 소쩍새도

이 흔들림도

일심이문一心二門*

염하강을 헤집어

바람결에 씻고 씻어도

고얀 내는 가시지 않고

갈대밭에 머문

* 일심이문一心一門: 원효의 대승기신론 소에서 진여문眞
如門과 생멸문生滅門이 한마음으로 염정染淨이 호훈互熏한
다는 뜻.

경經 2

엉킨 실絲타래를 풀어

찢어진 옷도 깁고

떨어진 단추를 달듯이

어수선한 속내를 수선한다

* 「경經 1」은 2집 『빈 소쿠리』에 있음.

그대로 그뿐인데

눈귀가 내쯤 밖을 향했는데

이 마음은 안도 밖도 아니다

벽암록에 조사는

'마음과 눈이 서로 비춘다心眼相照' 했는데

눈을 감고 안으로 안으로만 사셨소

바스락이며 달빛을 켜는데

무명無明

지도 모르면서

지밖에 몰라

갈래갈래 그 속살들

삼십만 리*를 돌고 돌아도

한 치 앞

실핏줄에 사는데

* 삼십만 리: 인체에 핏줄이 약 12만 킬로미터라 함.

너는 부활을 봤느냐

한 그루의 대추나무에

성글은 해와 달 별들

지난밤 입동 댓바람에

만상의 나한이 한 뜻에 읊조려

다음 생을 준비하는

너는 열반을 봤느냐

밤은 빛과 소리로

제 모습을 깊게 드러낸다

이 고적함의 괴이함도

밤이 낮이 되는 소쩍새도

애절히 구애하는 여치도

다른 명암과 음률로 태어나는

치열한 순환의 여정만이

집集*
−출가와 가출

떠나온 줄 알았는데

결국 뛰쳐나온 것이었소

한 세월 나고

시방十方을 훑어봤지만

산자락에 물안개도

한 잔의 차향도

한자락 거풍인 것을

속俗 절寺 없이

*집: 사성제 苦 集 滅 道의 集

다비장茶毘葬

큰스님, 불 들어갑니다

시공을 여신 업장이

합장 배열하고 열반하십니다

별에서 오셨으니 별을 굽다가

사위어 흩어지는 티끌을 뒤적여

구시렁구시렁한 이야기를 줍습니다

무소유

꽃꽂하고 청빈한 스님의 삶으로

생애 집필한 책을 태우라 하시고

평소 입던 옷으로 칠성판에 누워

마지막으로 한 말씀하셨어요

제3부

詩 I

詩는 궁금하다 1

누구냐고 묻거든

그냥 웃기만 해라

한 철 떠들썩하던 매미가

찬 이슬을 모르니

詩는 궁금하다 2

걍 봐

눈에 힘 빼라니까

멍 때리라고

속 설거지나 해야겠다

詩는 궁금하다 3

콩밭에

거두지 않은

쭉정이만 찬바람에

눈꺼풀이나

詩는 궁금하다 4

짹짹이다

그물망 너머로 날아갔어요

경계의 눈매가 참 맵네요

짹짹이는데, 얘야

너는 참새가 아니란다

詩는 궁금하다 5

차지게 영근 뙤약볕

좁쌀 한소끔의 땀방울이

하나 둘 셋 알 알 이

가나다라마바사, 라면

시집이 한 묶음일 텐데

詩는 궁금하다 6

골 깊은 여름밤은

가만가만 귀만 열어야 합니다

저리 장엄한 오케스트라에

잡음이 섞이면 불경스럽지요

알면서도, 제 것들의 이야기를

쓰잘데없이 비틀어 짜집기해

몽애나 섬망으로 풀칠을 해요

詩는 궁금하다 7

빛에 빛에

빛만 보니 어두워

반사된 스크린에 물 먹었어

잘록한 드레스 걸치고 춤만 춰

백남준*의 오광五光은 별일까

* 백남준: 비디오 아티스트(1932~2006)

詩는 궁금하다 8

어떤 사유는

바람은 구름에

구름은 바람에 산다

천장에 붙박이 된 말귀는

저들의 말이 나인지

내가 저들의 말인지

그 속, 속살을

길섶

귀뚜라미 점점 섧다네

서늘한 소맷자락 붙잡고

다시 온다 말해도

한 점

덧없다

앞뒤 없이 날아서

순연하게 부서지는 낙엽

때를 아는

저무는 시월이어서

새벽 달빛

묏바람에 산국향이

아무리 요염해도

처마 끝에 둘은 말 없다

오늘만큼은

별들의 밀담

썰물이 물 썰듯 빠진

갯벌의 검푸른 추억은

밀물을 기다리며 겹쌓는

무량겁의 숨소리

안행雁行*

을씨년스러운 잿빛 해거름

가뭇한 떼창에 사람[人]의 춤사위

서로서로 양력揚力을 일으키며

거친 창공 저 구만 리 행行을

너, 새가슴이라 했더냐

*안행雁行: 불가에서 수행 중 도량을 포행할 때 줄 맞추어
질서 정연하게 걷는 것을 안행이라 한다. 현우경賢愚經과 잡
보장경雜寶藏經에 기러기[雁]가 무리를 지어 비행하는 지혜
를 비유하는 설법이 있다.

혼쭐

쬐그만 흰 나비

훨훨 휘얼

아스라이 순삭

그니였던가

제4부

詩 Ⅱ

풀잎의 외침

숲이 숲이 숲이

애절하게 읊조리는데

들을 수 없어, 한 자락도

흰자위 뒤집힌 아우성뿐

다시 개벽*을

* 동학의 "다시 개벽(후천개벽)"을

너만 못 듣잖냐

해바라기가 말했다

어젠 힘들었다고

씨도 덜 여물었는데

오늘은 고개를 떨구며

더는 버틸 수 없다고

내가 사는 세상 1

겁나 벌 벌 댑니다

윙 윙 거리니

팔랑나비 무당벌레 진딧물 은개미

다들 살갑게 삽디다

꽃길에서 먼 동화를 봅니다

내가 사는 세상 2

살아있다는 건

바람을 타고 사는 것이니

서로 둥지가 되기도 하고

상흔이 무성하기도 해요

풀잎처럼 속닥이던지

등나무처럼 남의 등줄기를 휘감던지

실버들처럼 비비적이면

뿌리까지 아프지는 않을 텐데

내가 사는 세상 3

달은 동쪽에서 뜨고

해는 서쪽에서 지는데

별이 통으로 덤벼드니

벚꽃이 산발을 했다

몰려든 사람들 불꽃놀이에

백삼십억 광년의 빛, 시리다

눈먼 역사

흰 머리카락에

덕지덕지 붙은 문명을

쓸어내야 할 텐데

곡절들이 숨을 몰아쉰다

삭발을 해볼까

아름다운 생애 1

질경이는 굳이

길경이가 되어 길에서 살까

달구지에 밟혀 누더기가 된

짓눌린 억센 홀아비꽃대

다락방 닮은 질긴 씨방

배짱이*가 견뎌낸 상흔이

찐할수록 보약이 되는

* 질경이의 옛이름으로 '길경이' '배짱이'로도 쓰였다.

아름다운 생애 2

늦가을 고개 숙인 무청밭

찬 이슬 머금은 맵싸한 맛

무순에서 솎음열무총각김치깍두기동치미짠지
무말랭이무나물무국 시래기까지

버릴 것 하나 없는 뽀얀 보살을

사계四季 내내 끼니때마다

엄니 빼닮은 한 생을 마주합니다

문 밖에 홀로그램

잘 살지도 못한 놈이

잘 죽기를 바라냐

오금이 저려 오므렸다 폈다

탱글한 놈보다

쭈글한 홍시가 훨 깊은

까치밥은 낯선 새가 쪼고 있다

경천동지驚天動地

고즈넉이 가득 찬 산

붉단풍 애잔히 전하는 소식을

한 입 날갯짓으로

집어삼킨 숫꿩

향리鄕里

기러기 떠난 뒤

묘향산 검독수리 한 떼가

망월평야*에 편히 쉬고 있다

눈치코치 안 보는 귀향—

녀석이 참 부럽다

*망월평야: 강화도 내가면 망월리

행선行禪

뭇 채색이 텅 빈 화폭을 채운다

마음 가는 대로 붓이 가다가

붓 간 자리에서 보니 마음이 떠돈다

하많은 싯구를 어렵사리 마무리했건만

돌아서 다시 지우고 있다

호미 끝에 달린 소식

미안해요

안부도 못 전하고

소소한 일상이 사는 재미인데

제가 요즘요

빈 밭에 남겨

똥딴지를 캐고 있어요

출산이 두려워요

석삼년 배앓이에 해산했는데

속풀이 미역국도 안 먹었어요

누군가는 첫째나 둘째나

그 밭에 그 씨라 할 낀데

임자 여며 시집이나 보내려나

이제 그만 놓아야지

다시 셋째가 만삭이네요

그 나물에 그 밥이라 해도

뱃속에 천기를 어쩌겠어요

씨앗이 싹을 틔워

꽃 피우고 열매 맺으며

이루는 건 학學이요

잎을 떨구며 덜어내고

비우는 건 도道이다

이형근 합장

이시득도以詩得道와 이도득시以道得詩 사이에서

이시득도以詩得道와 이도득시以道得詩 사이에서

윤재웅 | 문학평론가·동국대 교수

1. 시 한 편과 바꾼 목숨

한 수행자가 히말라야에서 홀로 고생하면서 오랜 세월을 보내고 있었다. 그때는 아직 부처님께서 세상에 나오시기 전이었으므로 부처님께서 세상에 출현했다는 말도, 대승경전大乘經典이 있다는 말도 듣지 못했다.

그때 제석천帝釋天[1]은 그가 과연 부처를 이룰 수 있는 자질과 능력이 있는가를 시험하기 위해 나찰羅刹[2]의 몸으로 변해 히말라야로 내려왔다. 수행자가 사는 근처에 서서 과거 부처님께서 말씀하신 시의 앞 구절을 외웠다.

"이 세상 모든 일은 덧없으니
그것은 곧 나고 죽는 법이네."

---

1) 범천梵天과 함께 불교를 수호한다는 신.
2) 사람을 잡아먹는다는 악한 귀신.

諸行無常
是生滅法

　수행자는 이 시를 듣고 마음속으로 무한한 기쁨을 느꼈다. 자리에서 일어나 사방을 둘러보았으나 흉상궂게 생긴 나찰 이외에는 아무도 보이지 않았다. 그는 생각했다. '저렇게 추악하고 무서운 얼굴을 가진 나찰이 어떻게 이렇게 아름답고 오묘한 시를 읊을 수 있을까? 마치 불 속에서 연꽃이 피고 햇볕 속에서 찬물이 흘러나오는 것 같네. 그러나 알 수 없는 일이지. 혹시 저 나찰이 과거에 부처님을 뵙고 그분의 시를 들었을는지도…'

　그는 나찰에게 물었다.

　"당신은 과거 부처님께서 말씀하신 시의 앞 구절을 어디서 들었습니까? 당신은 그 여의주의 반쪽을 어디서 얻었습니까? 당신이 읊은 시 구절을 듣고 내 마음은 마치 망울진 연꽃이 피는 것처럼 열렸습니다."

　"나는 그런 것은 모르오. 여러 날 굶어 허기가 져서 헛소리를 했을 뿐이오."

　"그런 말씀 마십시오. 당신이 만일 그 시 전부를 내게 일러 주신다면 나는 일생토록 당신의 제자가 되겠습니다. 물질의 보시는 없어지게 마련이지만 법의 보시는 없어질 수 없습니다."

　"수행자여, 당신은 지혜는 있어도 자비심은 없는 듯하오. 자기 욕심만 채우려 하고 남의 사정은 모르고 있질 않소. 나는 지금 배가 고파 죽을 지경이오."

"당신은 대체 어떤 음식을 먹습니까?"

"놀라지 마시오. 내가 먹는 것은 사람의 부드러운 살덩이이고 마시는 것은 사람의 따뜻한 피요. 그러나 그것을 구하지 못해 이렇게 괴로워하고 있소."

"그러면 당신은 내게 그 시의 나머지 반을 들려주십시오. 나는 그것을 다 듣고 내 몸을 당신에게 드리겠습니다. 나는 이 무상한 몸을 버려 영원한 몸과 바꾸려 합니다."

"허튼소리 마시오. 누가 당신 말을 믿겠소? 겨우 시의 반쪽을 듣기 위해 소중한 몸을 버리겠다니!"

"당신은 참으로 어리석습니다. 마치 어떤 사람이 질그릇을 주고 칠보로 된 그릇을 얻듯이, 나도 이 무상한 몸을 버려 금강석처럼 굳센 몸을 얻으려는 것입니다. 그리고 내게는 많은 증인이 있습니다. 시방삼세의 모든 부처님께서 증명해 주실 것입니다."

"그러면 똑똑히 들으시오. 나머지 반을 읊으리다."

그리고 나찰은 시의 후반을 외웠다.

"나고 죽음이 다 없어진 뒤
열반 그것은 즐거움이어라."

生滅滅已
寂滅爲樂

수행자는 이 시를 듣고 더욱 환희심이 솟았다. 시의 뜻을 깊이 생각하고 음미한 뒤에 벼랑과 나무와 돌에 새겼다. 그리고 높은 나무 위에 올라가 떨어지려 했다. 그때 나무의 신[樹神]이 그에게 물었다.

"수행자여, 이 시에는 어떤 공덕이 있습니까?"

"이 시는 과거 모든 부처님께서 말씀하신 것입니다. 내가 목숨을 버려서라도 이 시를 들으려는 이유는 나 하나를 위해서가 아니라 모든 중생을 이롭게 하기 위해서입니다."

수행자는 최후로 이런 생각을 했다. '세상의 모든 인색한 사람들에게 내 몸을 버리는 이 광경을 보여 주고 싶다. 조그만 보시로 마음이 교만해진 사람들에게 내가 한 구절의 시를 얻기 위해 기꺼이 목숨을 버리는 것을 보여 주고 싶다.'

마침내 수행자는 몸을 날려 나무에서 떨어졌다. 그런데 몸이 땅에 닿기도 전에 나찰은 곧 제석천의 모습으로 되돌아와 공중에서 그를 받아 땅에 내려놓았다. 모든 천신들이 수행자의 발에 예배하고 그 지극한 구도求道의 정신과 서원誓願을 찬탄했다. ─ 『대반열반경大般涅槃經 14』

2. '영원한 몸'의 시

이 일화는 부처님 전생담이다. 설산 수행자는 진정한 가르침의 말씀을 원해서 나찰과의 거래를 통해 자기 목숨을 버리기로 결심한다. 위법망구爲法亡軀의 발원은 오직 중생구제 때문이다.

중생구제란 다른 생명을 위한 여러 방식의 실천행[利他行]이다. 위爲함이란 남을 위해 의도적으로 좋은 일을 하는 것이니 곧 선근善根을 심어 보시布施 공덕을 쌓는 일이다. 대승불교에서는 이렇게 다른 생명을 위하는 이타행의 주체를 보살이라 부른다. 보살행은 붓다가 되기 위한 전제조건이다. 정등정각正等正覺의 부처님도 현생에 정진해서 최상의 깨달음에 이른 게 아니라 전생부터 수많은 이타행을 해왔다는 이야기다.

누구도 단박에 붓다가 될 수 없다. 이웃을 위해 많은 보시를 하는 보살이 되어야 한다. 이것이 지구별 인류 삶의 정답이다. 역사적 붓다인 싯다르타의 탄생과 입멸은 세세생생의 생명들이 어떻게 살아야 하는지에 대한 정답 가르쳐주기다. 삼라만상 모두가 부처님 학교의 입학생 아닌가. '산산山山, 수수水水, 화화花花, 초초草草 모두가 불성'3)종자여서 스스로 노력하여 알아차리고 생명공동체를 위해 베푸는 삶을 살면 행복해진다. 어떻게 살아야 행복한지에 대한 사례는 팔만 사천 법문만큼이나 많다. 이 많은 파일들을 압축해서 집zip 파일로 만들어 이름 붙인 게 위의 일화에 나타나는 진정한 가르침으로서의 시다.

설산의 수행자는 시를 얻기 위해서라면 육신을 버려도 좋다고 발원한다. 시는 세포로 이루어진 물질이 아니다. 살과 피로 이루어진, 언젠가 사라질 '덧없는 몸'에 대응하는 '영원한 몸'이다. 영

---

3) 한용운, 「선과 인생」, 『한용운 전집』 2, 신구문화사, 1973, 316면.

원은 '인연 시스템으로 인해 만들어진 모든 것은 사라지고 만다[諸行無常]'는 진리의 속성이다. 영원한 것은 없다는 사실만이 영원할 뿐이니 '제행이 무상하다는 진실만이 변치 않는다.'는 의미다. 이것을 한역漢譯 『열반경』 4행시[四句偈] 형식으로 정리하면 다음과 같다.

諸行無常 是生滅法 生滅滅已 寂滅爲樂
제행무상 시생멸법 생멸멸이 적멸위락

인연으로 생겨난 모든 것[諸行]은 영원하지 않다. 생겨난 것은 반드시 사라진다는 게 법칙이다. 나고 죽는 것[생사법, 생사문제]의 본질과 현상이 내게서 사라지면 고요한 절대평화의 경지에 이르게 된다.

생멸生滅은 곧 생사生死요, 생사는 윤회의 뜻을 가진 산스크리트어 '삼사라samsara'의 소리 옮김이다. 보다 정확하게 말하면 신라가요 「죽은 누이를 위한 노래[제망매가]」에 나오는 '생사로生死路'가 삼사라의 한문 음역어다.

생사 세계의 본질은 윤회다. 생로병사를 반복하기 때문에 예외 없이 괴롭다[一切皆苦]. 이 고통을 벗어나는 게 '니르바나nirvana'다. 중국인들은 열반涅槃 또는 해탈解脫이라고 옮긴다. 이것이 '적멸위락'의 경지고 나고 죽음을 더 이상 반복하지 않는 절대평화의 세계다. 이상은 생명의 본질과 가치에 대한 불교의 입장이다.

입장은 언어를 통해 구현되고 언어는 소통을 전제하는 규약의 체계다. 보편적인 동시에 심오한 내용을 간결하고 단순한 형식으로 표현해야 이해하기도 쉽고 감동도 된다. 명철한 앎과 뜨거운 감동의 결합은 언어적 인간Homo loquens이 추구하는 최상의 가치다. 설산의 수행자는 이를 자기의 육신보다 더 귀중한 '영원한 몸'이라 했다. 시를 쓰거나 연구하는 쪽에서 보면 시가 '영원한 몸'이라는 진리의 비유적 이미지가 되었으니 어찌 반갑지 않으랴. 인간이 도달하는 최상의 언어가 시라는 소리다.

진리를 표현하는 방식이 왜 시일까. 단순한데 심오하고, 만법을 하나로 보여주며, 리듬을 통해 아름답게 압축하면 심미적 형식미가 갖추어진다. 시란 이렇게 진선미가 압축적으로 잘 응축된 양식이다. 부처님은 제자들에게 법문을 하고 나서 제자들이 이를 기억하기 좋게 하도록 게송을 종종 읊었다.

게송은 추상적인 불교의 교리를 구체적 감각이나 이미지의 도움을 받아 심미적으로 형상화하는 문체의 일종이다. 청자나 독자의 입장에서 보면 제품의 사용설명서를 다 읽을 필요 없이 홍보나 광고를 위한 짧은 문구를 읽는 효과와 비슷하다. 그러므로 '영원한 몸'으로 비유된 시는 언어를 통한 진리의 인식체계를 나타낸다.

시와 진리[도]가 만나는 방식은 두 가지다. 이시득도以詩得道와 이도득시以道得詩. 이시득도는 시를 공교로이 잘 써서 도의 경지에 이른다는 의미고 이도득시는 터득한 도를 표현하는 데 시를 활용한다는 뜻이다. 문학적으로 보면 내용과 형식 개념 비슷하다. 『논어』 「옹야편」에 이르기를 "바탕이 문체보다 두드러지면 촌스럽고 문체가 바탕보다 두드러지면 매끈하기만 하니 바탕과 문체가 어우러져 빛을 내야 군자라 할 수 있다.[質勝文則野, 文勝質則史, 文質彬彬, 然後君子]"고 했다. 이것은 내용과 형식을 인성의 핵심요소로 바라본 것이다. 사람 내면의 아름다움과 외양의 아름다움의 조화를 가리키는 말이다. 이시득도는 시의 공교로움과 치열함의 추구가 결국 도의 경지에 이르게 한다는 의미이고 이도득시는 도를 터득한 마음의 상태에서 시가 저절로 터져 나오는 경지를 말한다.

이형근 시인의 시에는 이 두 갈래의 길이 다 있다. 갈래 사이에서 서성이는 모습도 보이고 어느 한 쪽으로 용감하게 걸어 나가는 모습도 보인다. 道 따로, 詩 따로가 아니기 때문이다.

『물결의 외마디』는 세 번째 시집인데 이전 시집들에 비해 불교 색채가 한층 확연하다. 불교의 주요 철학이나 경전 명칭이 그대로 시의 제목이 되는 경우도 있고 화두를 참구하는 수행자처럼 용맹정진의 결기를 보여주는 모습도 도처에서 확인할 수 있다. 한국 불교시의 새로운 지평을 기대할 만하다.

이형근의 시는 전통적인 서정시의 음풍농월 취향, 비판정신이 수승한 지성미, 사회와 문명을 향한 예술가의 강렬한 저항정신, 이웃과의 따뜻하고 자질구레한 일상의 심미적 형상화 등과 거리가 멀다. 그는 외로이 수행하는 독각승처럼 '영원한 몸'을 찾기 위해 일심일념으로 정진하는 태도를 보여준다. 고진古眞이다. 고진은 성질이 곧아서 융통성이 없는 사람 또는 원칙을 오롯하게 지키는 전통주의자를 가리킨다. 만해 한용운의 한시를 번역한 서정주의 글에 용례가 보인다.

　　마음보 휜칠한 우린 모두 고진들.
　　산방 깊은 밤에 좀 깨끗이 노나니,
　　촛불도 잠잠하고 재도 잘 식고,
　　시詩 시름만 꿈같이 종소리 건너 있네.

　　落拓吾人皆古情 山房夜闌小遊淸
　　紅燭無言灰已冷 詩愁如夢隔鐘聲
　　－「밤에 영호 유운 두 스님과 함께 1 與映湖乳雲兩伯夜唫(一)」[4]

3. 시로 쓰는 법문

그는 시의 행간을 일부러 벌린다. 행이 많지도 않지만 각 행의 밀도를 높이고 숨 고르는 여유를 주기 위한 장치다. 화면을 다 채우지 않는 붓질처럼 여백의 미가 생긴다. 전체를 숨겨 부분으

---

4) 『미당 서정주 전집』 20, 은행나무, 2017, 128면.

로 말하는 방식이다. 팔만 사천 법문을 하나의 집zip 파일로 만들어 이름 붙이는 거나, 부분을 통해 전체를 말하는 거나, 다양한 의미를 재생산할 수 있도록 함축하는 방식이 바로 '시적인 것의 본질'에 해당한다.

　　흘러갈 뿐인데

　　천 갈래 만 갈래 노 젓는

　　너, 바람이거늘

　　　　　　　　　　　　　　　　　　　　－「물결의 외마디」 전문

　대부분의 시편들이 짧다. 화려한 수사나 생각의 군더더기가 없다. 그런데 간단치 않다. 간단치 않는 건 시인의 기질이자 성품이다. 세상에 대한 생각이고 삶의 실제 모습이다. 딱 세 줄 뿐인 위의 시에는 끝없는 변화의 지속이 보인다. 물결은 멈추지 않고 흘러갈 뿐이다. 영원히 변치 않는 실체는 없다. 제행무상이다. 어떠한 만족도 아름다움도 없다. 파우스트가 악마 메피스토펠레스와 맺은, 어떤 쾌락과 기쁨을 맛보더라도 자신은 절대로 만족할 수 없을 거라며 순간을 향해 '멈추라'고 말한다면 자기 영혼을 가져가도 좋다고 약속하는 대목이 떠오른다. 실제로 파우스트는 눈먼 상태에서 유토피아의 환영을 보는 순간 "멈추어라, 너는 너무 아름답구나!"를 외치게 됨으로써 악마에게 영혼을 빼앗긴다.

천 갈래 만 갈래 노 젓는 너는 누구인가. 제행무상의 물결 위를 나아가는 시인은 혹시 아닐까. 인생은 어느 곳으로 노 저어야 하는지 모른다. 갈래란 마음의 모양이다. 천 갈래 만 갈래라면 마음이 복잡하고 어지럽다. 아름다움도 그 갈래 중 하나다. 영원히 지속되는 건 없다. 바람도 잠깐이다. 순간이다. 순간을 잡으려 한들 허망하다. 이게 바로 흘러갈 뿐인 물결이 지르는 외마디다.

세상을 순간으로 분할하면 마음 갈래가 많이 생겨 바람 잘 날 없다. 무엇이 중한가. 무엇이 아름다운가. 고진 시인은 이런 질문을 던지는 것 같다. 설산 수행자가 자기 한목숨을 나찰에게 던지는 이유는 진리를 심미적으로 형상화한 '영원한 몸'으로서의 시를 얻기 위해서다. 오늘의 시인은 시로써 무엇을 얻고자 하는가. 시는 경전 전체를 압축해서 보여줄 수 있을 것 같다.

지난 밤엔

스산한 어둠이

가누지 못하는 몸을

후려치시더니

이 밤은

은하를 쏟아 흔드시네요

어제가 오늘인가

- 「화엄경華嚴經」 전문

화엄사상의 핵심은 법계연기法界緣起다. 세상 모든 것이 서로 인연으로 얽혀 영향을 미친다는 뜻이다. 신라의 의상대사가 법계연기사상을 7언 30구 210자의 시로 지어 널리 알렸는데 이를 「법성게」 라 하고 이를 다시 만다라 도형 형태로 바꾼 것을 「화엄일승법계도」 라 한다. 해인사 대웅전 앞마당에 의상스님의 법성게 도형이 디자인되어 있다. 사람들이 이 길을 따라 돌며 화엄사상을 체화하도록 했다. 사상을 몸으로 겪어내는 특이한 문화기획이다.

一中一切多中一 하나 중에 전부 있고 전부 안에 하나 있어
一卽一切多卽一 하나 또한 전부요 전부 또한 하나이니
一微塵中含十方 한 티끌 속에 모든 세계 들어 있고
一切塵中亦如是 티끌 하나하나의 속도 역시나 마찬가지
無量遠劫卽一念 아득히 긴 영원은 한순간 생각
一念卽是無量劫 짧은 한 생각 또한 한없이 긴 영원

법계연기의 가르침은 '진리의 본성은 원융하여 두 가지로 분별되지 않는다[法性圓融無二相]'로부터 시작된다. 양극단이나

이항대립의 개념을 초월하고 무화한다. 화엄사상은 부분과 전체라는 추상, 시간의 길이와 공간의 크기에 따른 양극단의 개념을 원인무효화 시킨다.

이형근 시인은 이런 추상적 개념을 구체적 경험으로 보여준다. '지난 밤'과 '이 밤', '스산한 어둠'과 '은하', '후려침'과 '흔들어댐'의 대립적 방식으로 언표화 된다. 어제와 오늘은 감각적으로 다르지만 결국 같은 게 아닐까 하는 질문을 모두에게 던진다. 후려치는 건 스스로의 마음에서 솟아나는 시적 결기의 다른 이름이고 흔드는 건 자연으로부터 받은 도道에 대한 영감이다.

도는 어떻게 얻는가? 전지전능의 신적 주체가 선물하듯 '밖에서 안으로 들어오는' 영감이 아니다. 영어 'inspiration'은 호흡 spire이나 숨결이 '안으로in' 들어온다는 뜻이다. 이런 사유의 배후에는 성경 창세기의 문맥이 있다. 야훼 하느님이 진흙으로 아담을 빚은 후에 루아(성령)를 전해주는데 후대의 학자들은 이 루아를 '인간 몸뚱이'에 대응하는 '성령−신의 숨결−정신−영혼' 등으로 인식한다. 즉 신과 닮은꼴인 프렉탈 에너지가 인간에게 내재해 있다는 사유의 근간이 여기에서 비롯된다.

바티칸의 시스티나 성당 천당에 그려진 〈아담의 창조〉는 야훼의 '루아'가 손가락을 통해 아담에게 전해지는 장면을 세계 최초로 형상화한 유럽미술사 최고의 걸작이다. 피부 접촉 직전의 아슬아슬한 거리가 신성한 에너지 전달식의 하이라이트다. 이것은 신과 인간 사이의 비슷하면서도 다른 차이를 형상화하고 둘

사이의 심미적 긴장감을 극대화한다. 루아는 손가락들이 닿지 않는 사이, 눈에 보이지 않는 그 사이에 존재한다. 이것이 미켈란젤로가 발견한 신성성이요 영감의 미적 형상이다. 서양에서는 이런 신성한 힘이 '내 주체 바깥의 외부'에서 '내 안으로' 들어오지만 동양에서는 좀 다르다. 굴원의 『초사楚辭』(「아득한 세계에 노닐며[원유遠遊]」편)에 다음과 같은 구절이 있다.

"말하노니, '도는 받을 수 있으나 전할 수는 없으며 물질적 속성으로 말하면 속이 없을 정도로 작으면서 경계를 모를 정도로 크기도 하다. 마음을 깨끗이 하면 장차 저절로 얻게 되나니 기운을 온전하게 운행하면 신비로워져서 한밤중에 나타난다."

'수혜受兮'는 '받을 수는 있구나!'의 뜻이고 '불가전不可傳'은 인간의 언어로 옮겨서 전달할 수 없다'는 의미다. 인간의 언어로 전달할 수 없으니 애초에 '받는 것'도 인간의 언어가 아니다. 이때의 '받음'이란 무엇인가. 그게 바로 '장차 저절로 얻게 된다.[彼將自然]'의 경지다. 받음의 조건은 '마음을 깨끗이 한다.[無滑而魂兮]'는 것이니 결국 도道는 마음의 문제다.

무활無滑[미끄럽지 않다, 흐리지 않다]은 온갖 잡된 생각으로부터 멀리 떠나는 것이다. 불교의 바라밀波羅密과 비슷하다. 혼魂은 번뇌망상에서 떠났을 때 나타나는 '자기 본성'의 개념에 가깝다. 시인 굴원은 마음을 깨끗하게 하고 운기조식을 잘하면 어느 순간 도의 상태에 이르게 된다고 말한다.

'아득한 세계에 노닐며'란 전체적으로 보면 신선이 사는 이상

향에서의 삶을 말하고, 그것은 곧 무위조차 초월한 청정한 경지[超無爲以至淸兮]이자 태초와 함께 이웃이 되는[與泰初而爲鄰] 상태로서 중국 도가사상의 최고 경지를 뜻한다. [5]

노자를 비롯한 굴원의 도道는 불교 화엄사상에서 말하는 '진리의 본성은 원융하여 두 가지로 분별되지 않는다[法性圓融無二相]'와 다를 바 없다. 도는 '장차 저절로 얻게 된다.[彼將自然]'는 것이니 주체의 외부에서 내부로 들어오는 방식이 아니라 내부와 외부가 조응하여 내 안에서 만들어져 바깥과 상통하는 것이다.

생각으로는 그럴듯한데 실제로 그렇게 되는지는 체험하지 않으면 깨달을 수 없다. 그래서 시인은 자기의 일상경험을 통해 화엄경을 재구성하는 것이다. 결국 이 시는 '내가 체험하는 화엄의 세계'라는 메시지를 준다. 2부의 「경經」 연작이 대체로 이런 방식으로 구성된다.

모차르트의 소리는

음표와 음표 사이에 있는데

저 피아니스트는 악보만 보는가

---

5) 굴원의 『초사』 해설 부분은 「불심 즉 시심─최동호의 문학과 불교사상」, 『수원의 문화 예술인, 최동호 시인의 문학과 삶』(수원문화도시포럼 학술세미나 자료집, 2022.1.29.) 참조.

하얗고 검은 사이사이를

머물지 않는 바람처럼

가세 가세 건너 가세

　　　　　　　　　　　　　　　－「반야경般若經」 전문

『반야경』은 어렵다. 색즉시공色即是空, 공즉시색空即是色을 말한다. '있는 것이 아무것도 없는 것이요, 아무것도 없는 것이 있는 것이요'라는 거다. 언뜻 말장난처럼 보인다. 산스크리트어 원문을 직역하면 '물질적 현상은 실체가 없는 것이며, 실체가 없기 때문에 바로 물질적 현상이 있게 된다. 실체가 없다고 하더라도 그것은 물질적 현상을 떠나 있지는 않다. 또, 물질적 현상은 실체가 없는 것으로부터 떠나서 물질적 현상인 것이 아니다. 이리하여 물질적 현상이란 실체가 없는 것이다. 대개 실체가 없다는 것은 물질적 현상인 것이다.'

색色은 물질적 현상, 공空은 실체가 없음을 뜻한다. 그런데 공 사상이란 실체가 없음에 대한 사유가 아니라 현상과 실체가 둘이 아니라는 불이不二의 사상이다. 중생과 부처, 번뇌와 깨달음, 색과 공을 차별적인 개념으로 이해하지 않고 대립과 차별을 넘어서서 새롭게 바라볼 것을 강조한다.

'새롭게 바라본다'는 건 기존의 관습대로 보는 게 아니다. 구도자에게는 이것이 바로 깨침이요 시인에겐 '시의 고향'에 도달하는 것이다. 시의 마지막 구절 '가세 가세 건너 가세'는 『반야심경』 마지막 구절인 '아제 아제 바라아제'의 번역인데 이는 차안에서 피안으로, 윤회하는 사바세계에서 절대평화의 열반세계로 가고자 하는 중생구제의 발원이다.

모차르트의 음악소리는 물질적 현상이다. 여러 음가들로 이루어진다. 그래서 음표마다 있고 음표와 음표 사이에도 있는 것이다. 피아니스트가 바라보는 악보에는 소리가 존재하지 않는다. 그러나 음표와 악보가 있어야 소리가 다시 태어난다. 음표나 악보는 소리의 실체는 아니지만 소리를 이끌어내는 기능소이다. 소리와 음표의 사이에 대한 사유가 곧 색과 공 사이의 사유다. 사이를 인식해야 이원론을 직시할 수 있다. 부처와 중생, 지옥과 천국, 어제와 오늘 사이의 다르고 같음을 사유하고 체험하는 게 구도求道와 작시作詩 공부다. 적어도 이형근 시인에겐 그렇다.

'하얗고 검은 사이사이'는 악보의 음표와 여백의 관계일 수도 있고 피아노의 흰 건반과 검은 건반 사이일 수도 있다. 실체와 실체들 사이에서 보이지 않는 채로 있는 것들, 야훼의 손가락과 아담의 손가락 사이에 있는 것들은 특정 실체로 고정되거나 특별한 이름으로 명명되지 않는다. 머물지 않고 흐를 뿐이다. 그래서 자유롭다. '머물지 않는 바람처럼'의 의미는 그래서 실체나 개념이나 관습에 얽매이지 않겠다는 선언이다. 이런 일련의 작업들은 경전의 문법을 시적 문법으로 바꾸었으니 시로 쓴 법문이다.

4. 詩는 도가 될까?

이시득도以詩得道와 이도득시以道得詩의 사이에서 시인은 궁금하다. 시는 과연 도가 될 수 있을까? 불교에 심취하긴 했는데 이 심취가 저절로 시가 될 수 있을까? 「詩는 궁금하다」 연작은 그래서 시인의 자문자답이다.

누구냐고 묻거든

그냥 웃기만 해라

한 철 떠들썩하던 매미가

찬 이슬을 모르니

　　　　　　　　　　　　－「詩는 궁금하다 1」 전문

4행으로 나누었지만 두 문장이다. 많은 경전들 속에서 흔하게 볼 수 있는 담론이다. 누구냐고 묻는 행위는 궁극의 질문일 가능성이 많다. 선불교 문법에서는 '부모미생전父母未生前에 본래면목本來面目은 무엇인고?'라는 화두 참선이다. 의심을 치열하게 밀어붙이는 용맹정진을 통해서 마침내 의심을 타파하는 수행방법이다.

'그냥 웃기만 해라'는 쉽게 답을 찾을 수 없다는 반응이다. 이런 해석이 가능한 것은 뒷문장이 앞 문장의 의미를 보완해주는 비유로 되어 있기 때문이다. 한여름 매미가 가을날의 찬이슬을 모르는 것처럼 '참 본성이 무엇이냐?'는 질문에 대한 대답을 모른다는 뜻이다.

그래서 전체적인 의미는 시 쓰기를 통해 '참 본성'에 이를 수 있는가에 대한 자기 질문이면서 그것을 발견하기 어렵다는 대답이기도 하다. 시만 열심히 써서는 되지 않으니 구도의 수행을 함께 할 수밖에 없는 것이다.

보조지눌 스님이 선 수행[禪定]과 경전 읽기[教學]를 함께 해야 한다는 정혜쌍수定慧雙修를 강조하는 것과 같은 맥락이다. 시 쓰기를 통해 도의 경지에 이르려면 실참수행을 병행해야 하는 것이다. 화두를 들어 시적으로 변용하는 방법은 그래서 생겨난다.

은하를 빨던

뻘 속 흑조개가

확!

천 년을 살으리라

- 「활구 3」 전문

활구活句는 시 속에서 생동하듯 돋보이는 글귀다. 선종에서는 사량思量과 분별을 초월하는 말을 가리킨다. 단박에, 충격적인 말로, 도의 경지를 직접하여 들어가도록 한다. 송신자와 수신자, 그 사이의 의미전달 과정에 대한 관습적 거리감이 확 줄어든다. 언어형식으로 보면 산문보다는 시가 적격이다.

'은하를 빨던 뻘 속 흑조개'는 창의적인 이미지다. 하늘과 땅, 은하와 조개의 이미지 대립, '빨'과 '뻘'의 음상 대립이 심미적 긴장감과 조화감을 동시에 구현한다. 뻘 속의 흑조개 속에 거대한 은하와 오랜 시간이 함께하고 있다. 이 시구는 '속이 없을 정도로 작으면서[其小無內] 경계를 모를 정도로 크기도 한[其大無垠]' 형이상학을 감각적으로 구체화 한다. 도인은 관념적 추상을 말하지만 시인은 심미적 구체로 보여주어야 한다. 이것이 도인과 시인의 차이다. 도는 시의 도움을 받아야 하고 시도 도의 도움을 받아야 한다.

'확!'은 갑작스럽게 사람을 놀라게 하는 선 수행의 '할喝' 비슷하다. 어리석음을 꾸짖는다기보다 사물의 속성을 부각시키는 의태어적 기능을 한다. '확'은 매우 빠른 속도감을 나타내기도 하고 한 치의 틀림없이 반듯한 큰 깨달음을 뜻하는 확철대오廓撤大悟를 표상하기도 하다. 장구한 시간 은하를 빨아들이던 흑조개가 단박에 선언을 한다. '천 년을 살으리라'. 천 년 역시 오랜 시간의 관용어다. 그리하여 광대한 우주의 은빛 은하와 뻘 속의 흑조개(흑진주)가 하나가 된다. '진리의 본성은 원융하여 두 가지로 분별되지 않는다[法性圓融無二相]'는 가르침을 시적 이미지로 바꾼 것이다. 진리, 본성, 원융은 이해하기 어렵지만 은하, 뻘,

조개는 감각적 경험으로 수용 가능하다. 그래서 도는 목적이자 주제요 시는 방편이 되곤 한다.

「활구」 연작은 의도적으로 '헐!', '툭!', '확!', '탁!' 등을 배치한다. 선가에서 불현듯 갑작스럽게 다가오는 깨침을 표현할 때 '몰록'이라는 말을 쓴다. 위의 어휘들이 바로 몰록 상태를 나타내는 것이고 이는 곧 돈오돈수頓悟頓修의 상태를 말한다. 실제로 시인의 시에도 같은 생각이 드러나고 있다.

헐!

확!

　　　　　　　　　　　할!
툭!

탁!

- 「돈오돈수頓悟頓修」 전문

오른쪽에 홀로 튀어나온 '할!'은 연작시에 나오지 않는, 그러나 선방에서 일반화된 '몰록'의 어구다. 그러므로 왼편의 네 가지 몰록 어구 역시 '할!'과 같은 기능을 한다는 메시지다. 헌데 이 몰록 어구의 위치는 4행시의 제3행이다. 2행에 배치된 예외가 있기는 하다. 3행의 몰록어는 시안詩眼의 위치로 적격이다. 그림으로 치면 화룡점정畵龍點睛이다. '시의 눈'이 되는 언어. 시상의 흐름을 단박에 바꾸어 신선한 충격을 주면서 심미적으로 고양

시키는 언어. 이게 바로 시안이다. 그런 점에서 활구 연작은 시와 선禪이 만나는 독특한 형식미를 가진다.

몰록어의 또 다른 기능은 무엇일까. 갑자기 깨닫고 문득 사라지니 만남과 이별의 양변을 동시에 체험한다. 정신의 부싯돌이 몸 안에서 튀는 기분이다. 짧은 순간 붓다체험을 한다. 돈오돈수 하면 그것으로 그만인가. 한 번 깨달으면 깨달음의 상태가 영원히 지속되는가. 모든 시간은 영감의 상태를 지속시킬 수 있는가. 몰록의 꾸준한 연장, 깨달음의 지속적인 관리는 그래서 돈오점수頓悟漸修를 권면한다. 꾸준한 몸 수행이 '돈오' 상태를 온존시키는 것이다. 궁극의 깨달음을 이룬 싯다르타가 제자를 향해 실천의 중요성을 강조한 것도 이런 맥락이다.

언젠가 성급한 제자가 고타마에게, "멋진 고타마, 좀 빨리 깨어나는 방법이 없는가"라고 물었을 때, 고타마는 "물론 있지!"라고 답한다. 그때 그 제자는 이제 살았다는 얼굴로 다급하게 애원한다. "멋진 고타마여! 그 빨리 깨어나는 비법을 제발 좀 가르쳐달라." 고타마는 그에게 말했다. "내가 그 비법을 말해줄게. 잘 들어라. 첫째는 실천이다. 둘째도 실천이다. 셋째도 실천이다!"[6]

깨달음 상태에 도달하기 위해서는 지혜에 대한 인지적 이해가 필요하고 그 다음 단계는 명상을 통해 몸으로 직접 경험하는 것

---

6) 김사철, 황경환, 『반야심경 역해』, 김영사, 2020, 63면.

이다. 이 직접 경험이 바로 위 인용문의 '실천'이고 한국 간화선에서 실참수행이라고 부르는 것이다. 싯다르타는 완전한 깨달음을 이룬 후에도 참선명상인 반야바라밀 수행을 지속했다. 인간의 몸뚱이를 가진 이상 누구도 생로병사의 고통을 벗어나기 어렵기 때문에 고통을 지속적으로 관리하는 노력이 필요한 것이다.

시인은 이러한 노력을 언어의 이미지로 보여주는 사람이다. 그래서 그의 언어는 행위를 모방하는 재현의 기능을 한다.

뚜벅 뚜벅

흠뻑 젖은 두 발이

길을 간다

─「돈오점수頓悟漸修」 전문

'뚜벅 뚜벅'은 몰록어와 다른 삶의 태도를 형상화 한다. 지속적으로 꾸준히 나아간다는 함축이 있다. 어감도 둔중하고 묵직하다. '흠뻑 젖은 두 발'은 삶의 간난신고艱難辛苦를 암시한다. 이런 이미지만으로도 생로병사의 고통을 상징적으로 보여준다. 부분으로 전체를 보여주고 간접을 통해 직접을 암시한다. 구름을 붉게 그려 뒤에 달이 있다는 것을 말하려는 홍운탁월烘雲托月의 화법과 같다.

'돈오점수'라는 관념이 이미지로 구체화 된다는 점이 중요하다. 이런 경지에 이르면 도가 시로 표현된다. 시의 제목은 주제면서 추상이다. 시의 본문은 내용과 형식이다. 내용과 형식과 주제는 잘 어우러지는가? 이를 알아차리고 판단하는 것은 독자의 몫이다.

5. 일상시日常詩, 일상불日常佛

이시득도以詩得道건 이도득시以道得詩건 일상의 삶과 분리되지 않아야 오래 간다. 내쉬고 들이쉬는 숨이 '지금 이 순간'의 가장 확실한 증명인 것처럼, 가르침과 시는 삶과 직접 연관이 되어야 공감과 감동을 이끈다. 그런 점에서 이형근 시인이 수행과 시 창작을 병행하는 일은 예사롭지 않다. 시인의 눈엔 자신은 물론 주변 사물 모두가 수행자로 보인다.

"한설에 산수유 // 삭풍에 // 한 꺼풀 한 꺼풀 // 온 생을 오롯이"(-「수修 1」), "바람 잘 날 없다 // 문 밖에 장독 // 쭈뼛한 서릿발에 // 씨간장 익는다"(-「수修 2」), "지푸라기 덮고 견뎌낸 // 설한雪寒의 고행자 // 한 더위 땀방울에 성근 // 정갈한 여섯이 톡 쏘는 // 뽀얀 햇마늘"(-「수修 3」)

시인에겐 산수유도 씨간장도 햇마늘도 모두 수행자다. 신산스런 고통과 오롯한 완성이 둘이 아니다. 삶은 고통을 견디는 수행의 과정이다. 자작나무는 자연 선방의 수좌首座며 태백산 장군봉 아래 군락을 이룬 주목은 생불生佛이다.

안거를 거듭할수록

아랫가지를 스스로 도려낸

깊게 팬 옹이 자국들

제 살거죽 벗겨내는 아픔으로

자등명 법등명 일갈하는

올곧은 자작나무

—「수좌首座」 전문

눈밭을 헤쳐야 오르는

태백太白이 太白인 영산

장군봉 아래 군락을 이룬 주목

죽어서도 천 년을 지키는

이천여 년 여법如法한

생불生佛의 말씀

—「설화경雪華經」 전문

시인은 강화도에 터를 잡고 수행하듯 시를 쓰는 것처럼 일상의 사물들 모두 자연 속에서 자기의 본성本性을 드러낸다. 혹독한 환경이 오메가라면 알파는 자성自性이다. 알파와 오메가가, 처음과 끝이, 둘이 아니다[不二]. 시인의 눈엔 모든 사물들이 그렇게 오메가의 자리에서 알파를 산다. 가장 험난한 곳에서 당당하게 자성을 보인다. 굴원이 노래한 '자연으로부터 사람이 도를 얻는다[彼將自然]' 함은 이런 묘경이다. 두두물물頭頭物物이 부처라 함 역시 같은 뜻이다. 경전에서 읽고 흉내 낸 생각이 아니라 실제의 삶에서 경전의 뜻과 사물의 본성을 함께 발견하는 지견知見 넘어에 지견智見이다.

잘 살지도 못한 놈이

잘 죽기를 바라냐

오금이 저려 오므렸다 폈다

탱글한 놈보다

쭈글한 홍시가 훨 깊은

까치밥은 낯선 새가 쪼고 있다

— 「문 밖에 홀로그램」 전문

시인과 대상이 동일시되는 경우도 있다. 나는 탱글탱글한 감이 아니라 쭈그러진 홍시. 낯선 까치가 와서 쪼아대는 몸뚱이에 불과하다. 이것도 모두 문 바깥의 환영이다. 시인의 표현대로 실체 없는 '홀로그램'에 지나지 않는다.

시인은 스스로를 반성한다. 삶에 대한 공부는 어려운데 죽음에 대한 공부는 더 어렵다. 한 자세로 앉아 있다 보니 오금이 저려서 오므렸다 펴기를 반복한다. 살기도 어렵고 죽기도 어려운 건 고통의 자각이고, 오금이 저려 오므렸다 펴기를 반복하는 건 윤회하는 생사의 세계이다.

여기에서 보라, 살 물려져 쭈그러진 몸에 낯선 새가 와서 나를 쪼아 먹는다. 내가 먹던 감이 어느덧 내가 되고 나는 새의 먹이로 되어 자연으로 돌아간다. 세라비C'est la vie! 이것이 인생이다.

시와 도의 길을 함께 걸어가면 일상의 매순간이 詩고, 일상의 모든 곳이 불국토다. 그래서 도달한 아름다운 어떤 경지가 여기 또 한 번 펼쳐진다.

늦가을 고개 숙인 무청밭

찬 이슬 머금은 맵싸한 맛

무순에서 속음열무총각김치깍두기동치미짠지무말랭이
무나물무국 시래기까지

버릴 것 하나 없는 뽀얀 보살을

사계四季 내내 끼니때마다

엄니 빼닮은 한 생을 마주합니다
– 「아름다운 생애 2」 전문

나는 왠지 이 시가 짠하다. 선기禪機도 버리고 돈오돈수의 일획도 버리고, 비장하고 결연한 의지도 구름처럼 보낸 뒤에 나타나는 하늘의 깨끗한 얼굴 같다. 잘나거나 잰 체하지 않고, 으스대거나 위압적이지도 않는, 소박하고 친근한 모국어의 밥상에 올라온 반찬 같은 시어들이 보살로 다시 태어난다. 그런 일상불의 세계에서 나는 보살을 먹고 낯선 새는 나를 먹는다. 너와 나의 경계가 무너진다. 색이 곧 공이 되고 공이 곧 색이 된다. 이만하면 이시득도와 이도득시의 팔부능선쯤이다.

얼마 전 틱낫한 스님께서 가셨다. 스님은 쉽고 편안한 가르침과 함께하는 실천수행을 통해 아름다운 삶을 살다 가신 이 시대의 활불이다. 글쓰기와 법문을 시대의 근기에 맞춰 잘하셨는데 산문에 좋은 재능이 있었다.

스님 잘 가신 뒤, 시인이 내게 스님을 추모하는 짧은 글을 보내왔다. 마음챙김mindfulness, 즉 지금 현재의 순간을 발견하는 것이 영원한 현재를 살아가는 축복이라는 것이다. 그러고는 암탉이 알을 품어 부화시키듯, 제 안에 있는 생명을 건강하게 성숙시켜 종교의 틀 밖으로 내 보내는 게 도를 공부하는 태도라고 덧

붙였다. 마지막 문장은 이렇다. '마음의 비움과 채움은 하나다.' 이 문장을 맑은 물속 들여다보듯 바라보다가 문득 틱낫한 스님의 산문 구절을 떠올려 보았다.

"이 몸은 내가 아니다. 이 몸은 나를 가둘 수 없다. 나는 경계가 없는 생명이니 태어난 적도 죽은 적도 없다. 저 넓은 바다와 하늘, 수많은 우주는 다 마음의 작용으로 나타난다. 나는 시초부터 자유 자체였다. 생사는 오고가는 출입문일 뿐, 태어나고 죽는 것도 숨바꼭질의 놀이일 뿐이다. 그리하여 내 손을 잡고 웃으면서 잘 가라고 인사하자. 내일, 어쩌면 그 전에 다시 만날 것이다. 근본자리에서 항상 다시 만날 것이다. 삶의 수많은 길에서 항상 다시 만난다."

다시 만나지 않아도 됨에도 다시 만나기를 서원하는 게 보살이다. 보살은 깨달았음에도 불구하고 윤회의 길로 다시 돌아와서 중생구제를 포기하지 않는다. 이게 대승불교의 빛나는 사상이다.

스님의 문장은 의미 전달이 목적이다. 아름답고 계도적이며 영감이 풍부하다. 산문이지만 시 같다. 나는 이형근의 시의 미래가 선객禪客의 날카로운 일획이기만을 바라지 않는다. 그의 시가 사부대중에게 보다 친절하고 쉽게 다가가는 방법은 많다. 설악무산 스님의 '절간 이야기' 연작이 그렇듯 사연 많은 일상경험의 토로도 시험해 볼만하다.

이노우에 유이치[井上有一.1916~1985]는 귀신을 울리는 서예

가다. 글자 하나를 다양한 형태로 표현하는 그의 치열한 몰입은 시 창작에도 도움이 된다. 구하기는 쉽지 않지만 그의 한국어판 전시도록이 나와 있다. 두 사람은 기질적으로 닮았다. 이형근의 짧은 시들은 강한 글자 탄생을 위해 기운생동하는 이노우에의 마음주소와 비슷하다. 이노우에가 표의문자 디자인에 혼을 바친다면 이형근은 시와 도를 결합하기 위해 용맹정진 수행한다.

몰입과 끈기는 이형근의 성정이요 결기는 그의 재산이다. 그는 시적 언어를 만들기 위해 일상어를 압축하고 생략하며 풍부한 함축을 만들곤 한다. 그렇다고 삶을 대하는 태도나 세상에 대한 생각이 달라지지는 않는다. '마음의 비움과 채움은 하나다.'라는 직관을 감동적이고 효과적으로 전하는 게 중요하다. 문제는 형식이다. 이시득도以詩得道의 이시以詩가 수행의 묘처다.

처음으로 돌아가 볼까. 단순한데 심오하고, 만법을 하나로 보여주며, 리듬을 통해 아름답게 압축하면 심미적 형식미가 갖추어진다. 시란 이렇게 진선미가 압축적으로 잘 응축된 양식이다.

쉬운데 현묘하고 단순한데 감동적인 그런 시. 이시득도以詩得道와 이도득시以道得詩의 길을 이리저리 다니다가 몰록 이런 시를 찾아 뒤따를 수 있기를 바란다. 어쩌면 이 길은 모든 시인의 꿈이 아니겠는가.

불교문예시인선 • 047

물결의 외마디

©이형근, 2022, Printed in Seoul, Korea

초판 1쇄 인쇄 | 2022년 02월 25일
초판 1쇄 발행 | 2021년 03월 01일

지은이 | 이형근
펴낸이 | 문병구
편집인 | 이석정
편 집 | 구름나무
디자인 | 쏠트라인saltline
펴낸곳 | 불교문예출판부

등록번호 | 제312-2005-000016호(2005년 6월 27일)
주   소 | 03656 서울시 서대문구 가좌로 2길 50
전화번호 | 02) 308-9520
전자우편 | bulmoonye@hanmail.net

ISBN : 978-89-97276-60-8(03810)
값 : 10,000원